STEVEN KROLL

Drôles
de pirates!

Illustré par
MARYLIN HAFNER

Traduit par
SOPHIE DE VOGELAS

Gallimard

Tom Burke était apprenti-charpentier. Mais au lieu de travailler le bois dans l'atelier de M. Collins, il préférait passer ses journées à rêver de bateaux-pirates...

Il aurait tant voulu être un vieux loup de mer balafré, à la barre d'un navire battant pavillon noir.

Il aurait tant voulu attaquer un galion espagnol rempli d'or, trucidant tout l'équipage avec son sabre.

Il aurait tant voulu boire du rhum avec ses terribles compagnons, puisant à pleines poignées des pièces d'or et d'argent.

5

Ainsi, continuellement perdu dans ses rêveries, Tom n'était pas très assidu à la tâche d'apprenti-charpentier.

Un jour, son panier à provisions à la main, il s'enfonça dans les bois. Il aperçut, au beau milieu d'une clairière, trois étranges personnages qui remplissaient de terre un gros coffre.

Soudain, le plus grand des trois, un anneau à l'oreille, pointa son pistolet vers Tom.

''Allez les gars'', dit-il aux autres, ''attrapez-le et attachez-le ! Il fera sûrement un bon mousse !''

Aussitôt les deux hommes se précipitèrent sur Tom. Mais l'un tomba dans le trou qu'ils avaient creusé, et l'autre dans le coffre !

"Eh bien ! euh," dit l'homme à l'oreille percée, "tu es assez grand pour nous suivre…"

"Bien sûr," dit Tom. "Vous êtes pirates ?"

Le grand gaillard sourit : "Ça ne se voit pas ?"

Les pirates marchèrent jusqu'au port. En chemin, Tom demanda :

"Que faisiez-vous avec ce coffre ?"

"On s'exerçait," dit le pirate à l'anneau, pour le jour où on trouvera un trésor…"

"Mais vous avez laissé le coffre !" dit Tom.

"C'est pas grave, on en a un autre !"

Ils embarquèrent sur la chaloupe et prirent le large.

Mais bientôt l'embarcation était pleine d'eau ; ils allaient couler !

"Paulo Pas-de-Pot", cria le grand gaillard qui avait de l'eau jusqu'aux genoux, "je t'ai dit combien de fois qu'il fallait vérifier si il n'y avait pas de trous !"

Paulo baissa la tête.

Abandonnant la chaloupe, tous se jetèrent à l'eau et nagèrent jusqu'au navire.

Tom les suivit de bon gré ; il ne voulait surtout pas laisser passer

l'occasion de concrétiser son rêve !

Arrivés au navire, on leur lança l'échelle de corde.

''Attention à vos pieds !'' cria le grand pirate.

Aussitôt, Paulo Pas-de-Pot s'arrêta net, le pied en l'air, comme paralysé. Tout le monde fut obligé de s'arrêter.

''Paulo,'' hurla l'autre, ''espèce de perroquet à roulettes, je t'ai pas

13

dit de faire attention à tes pieds,
mais de regarder ou tu les mettais !
Allez, avance donc !''

Une fois sur le pont, Tom fut pré-
senté au capitaine John le Rouge.

''Bienvenue à bord,'' lui dit le
capitaine en lui serrant la main.

''Je vois, moussaillon, que tu as
déjà fait la connaissance de Gus
Grande-Gueule et malheureuse-

ment celle de Paulo. Laisse-moi te
présenter au reste de l'équipage.''

Il se racla la gorge, puis s'écria :
''Qu'on apporte des jus de fruits et
des biscuits !''

Entre-temps, tout l'équipage
s'était mis en ligne.

''Du jus de fruits et pas du
rhum ?'' s'étonna Tom.

''Ils en ont tout le temps,'' dit le

capitaine. ''Bien. Commençons les présentations. Voici Freddy Lame-Facile, Hugues la Hache, Eric l'Ecumeur, Benoît la Balafre, Nick n'a-qu'un œil, Longue-vue, P'tit Louis, Mike Mousquet, Jean Pardonne-pas, Bout-en-crin, Eugène l'Edenté et Luc la Bravoure. Mais où est donc passé Raymond la Ronflette ?''

On entendit alors un grand "plouf" qui fit tanguer le navire.

"Qu'est-ce que c'est que ça encore ?" hurla le capitaine.

"Excusez cap'taine," dit P'tit Louis, "mais c'est Raymond la Ronflette qui jouait encore au somnambule. Il s'est cogné contre le canon qui est tombé par-dessus bord !"

17

"Qu'il dorme couché mais pas debout ! Nous n'avons plus de canon maintenant !" tonna le capi-taine.

"Mais cap'taine," dit P'tit Louis, "on en a un autre !"

"J'espère que sur ce navire, ils ont tout en double !" pensa Tom.

"Eh ! moussaillon !" dit le capi-taine, "viens avec moi."

Dans la cabine du capitaine, il y avait une grosse malle de voyage.

"Est-ce qu'il y a un trésor dedans ?" demanda Tom.

Le capitaine ouvrit la malle. Tom vit alors la plus grosse boîte de bonbons qu'il ait jamais vue.

"Sers-toi," dit le capitaine, mais

seulement après extinction des feux.

''Maintenant, signe la charte du navire.''

Tom regarda de plus près le rouleau de papier.

Charte du navire :
Pas de combat
Pas de vol
Personne ne sera laissé sur une île déserte
Personne ne subira le supplice de la planche
Extinction des feux à 19 h 30

"Mais je ne comprends pas," dit Tom, "les pirates d'habitude se battent et volent !"

"Oui, c'est vrai, répondit le capitaine. C'est pourquoi sur ce navire personne ne respecte la charte."

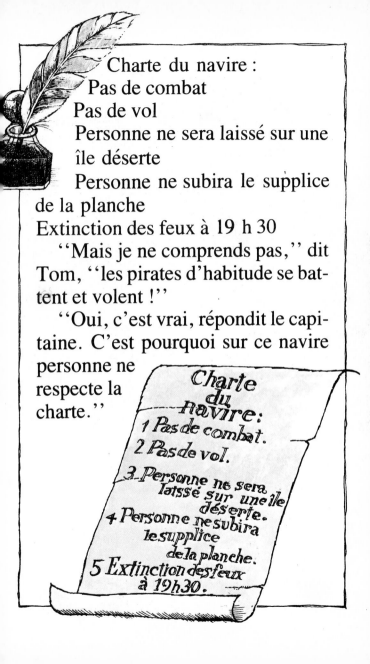

Charte du navire :
1 Pas de combat.
2 Pas de vol.
3 Personne ne sera laissé sur une île déserte.
4 Personne ne subira le supplice de la planche.
5 Extinction des feux à 19 h 30.

Tom signa en bas du parchemin, en faisant une croix comme le font les pirates.

L'invincible *Perpalenor* leva l'ancre. John le Rouge monta sur un hauban de grand mât, sa longue-vue sous le bras, et s'adressa à son équipage :

“Rappelez-vous que vous êtes pirates avant tout et que vous devez attaquer tous navires. Les pavillons rouges, bleus ou verts sont bons à prendre. Mais les meilleurs sont les galions espagnols !”

“On n'aura pas le temps de s'ennuyer !” s'écria Eugène l'Edenté.

"Y'a un galion espagnol à l'horizon !"

L'invincible *Perpalenor* fendit les flots dans sa direction, et déjà tout l'équipage se tint prêt pour l'abordage.

''Parez à l'abordage !'' hurla Gus Grande-Gueule.

Cinq pirates attrapèrent alors des crochets pour tirer vers eux le galion. Mais au lieu de les lancer, les cinq marins plongèrent avec !

''Ils auraient dû les lâcher par-dessus bord !'' demanda Tom.

''Evidemment, mille milliards de perroquets à roulettes !'' dit le capitaine.

''Je n'arrête de le leur dire !''

L'invincible *Perpalenor* cogna alors contre le galion espagnol. Tout l'équipage se rua sur le pont. Tom atterrit derrière un tonneau.

Les pirates couraient dans tous les sens.

Le capitaine John le Rouge maniait le sabre avec furie.

''Oh là là !'', se dit Tom, ''enfin une vraie bataille !''

''Celui-là, il est pour moi !''
s'écria le capitaine en faisant tour-
noyer un chapeau emplumé au bout
de son sabre.

''Rendez-moi mon chapeau !''
suppliait l'officier ennemi.

"Mais je connais cette voix !" dit le capitaine, "et je reconnais cette figure !"

"C'est moi, vieux frère !" dit l'officier, "ton vieux copain, Bernie la Terreur des mers du Sud, capitaine du *Joyeux Redoutable !*"

"Ça alors ! Ce n'est pas un galion espagnol, alors ?"

"Mais non, c'est un déguisement, on n'a pas changé, on est toujours des pirates !"

"Alors, on fait la paix !"

"C'est une bonne idée ! Que dirais-tu d'une bonne glace, vieux frère ?"

"Une glace ?"

"Et oui ! On vient juste de dévaliser le *Sorbet des Mers*. On a tous les parfums : chocolat, vanille, noix de coco… Vas-y, sers-toi !"

Rassemblés sur le pont-arrière du *Joyeux Redoutable*, tous les pirates se gavaient de glaces.

31

Tom dégusta tour à tour une glace à la noix de coco et une au caramel.

Puis, avec tout l'équipage en chœur, il entama leur chanson favorite :

Yoho, hisse he ho
Quinze loups, quinze matelots
Pour une bouteille de rhum,
pour une glace à l'eau
Yoho, hisse he ho
Quinze loups, quinze matelots
Tout ce qu'on veut, c'est le magot !

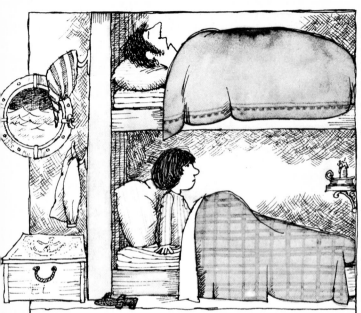

Tom se demanda alors si toutes les batailles se terminaient de la même façon…

Après la fête, personne n'avait vraiment envie de dîner.

Tom se coucha de bonne heure. Au lit, il pensa à M. Collins qui, dans son atelier, le regrettait peut-être.

Il était minuit quand il se réveilla affamé.

Il songea aux bonbons du capitaine.

Il monta sur le pont et ouvrit la porte de la cabine de John le Rouge.

Il franchit le seuil et se cogna contre Paulo Pas-de-Pot.

''Mais qu'est-ce qui se passe ici ?'' s'écria le capitaine réveillé en sursaut.

''Je venais chercher des bonbons, capitaine,'' dit Tom étalé par terre.

"Vraiment !" dit le capitaine. "Personne n'a de bonbons sauf après l'extinction des feux."

"Mais tout est éteint !"

"Justement, si tout est éteint, on n'est pas *après* l'extinction des feux", répondit le capitaine. "Tu as bien lu notre charte !"

"Mais vous avez dit vous-même que personne ne respectait le règlement à bord !" dit Tom.

"Ça c'est vrai !" dit le capitaine.

"Et c'est pourquoi je vais te laisser sur une île déserte, Paulo.

Quant à toi, Tom Burke, tu finiras sur la planche ! J'en ai assez de vous deux !"

Tom regretta alors d'avoir été embarqué dans cette histoire.

Lui et Paulo passèrent le reste de la nuit sous bonne garde.

Au matin, Tom fut conduit sur la planche.

''Qu'on apporte le bandeau !'' ordonna le capitaine.

Nick N'a-qu'un-œil s'avança et banda les yeux du capitaine !

John le Rouge brandit son sabre.

"Adieu Tom Burke !" s'écria-t-il.

Tout l'équipage huait et sifflait.

Mais comme un plongeoir, la planche rebondit si bien que Tom

fut projeté dans les airs et atterrit
dans le gréement d'ou il put scruter
l'horizon.

"Terre !" s'écria-t-il.

"Voici notre île !" dit le capitaine.

Et on y laissa Paulo Pas-de-Pot.

"Au revoir et bonne chance !"
lui cria l'équipage de l'invincible
Perpalenor, qui déjà s'éloignait.

Paulo courut sur la plage pour

suivre le navire et tomba dans un
énorme trou. Tom vit alors Paulo

lancer des diamants et des pièces d'or.

''Capitaine !'' s'écria-t-il, je crois qu'on ferait mieux de retourner vers l'île : Paulo a trouvé un trésor !''

"Vraiment ?" dit le capitaine en regardant par la fenêtre.

"Paulo Pas-de-Pot est incapable de trouver un trésor, même s'il était assis dessus !"

Pendant la nuit survint un terrible orage. L'invincible *Perpalenor* ne put y échapper. Le navire était secoué dans tous les sens et le vent soufflait si fort qu'il menaça de briser les mâts.

Tom et le reste de l'équipage durent baisser les voiles afin d'éviter la catastrophe.

''Abaissez la grand'voile !''
hurla le capitaine.

''Ho hisse !'' s'écria Gus
Grande-Gueule.

Et la voile fut descendue... sur le
capitaine qui, empêtré dans les pou-
lies et le gréement, jura contre ses
hommes.

''Nous voilà dans de beaux
draps !''

C'est bien ce que pensait Tom.

Au matin, l'orage était passé et la mer redevint calme.

L'invincible *Perpalenor* rentra au port. Le *Joyeux Redoutable* y avait déjà jeté l'ancre. Son équipage et Paulo Pas-de-Pot s'affairaient à décharger un énorme coffre rempli d'or et de bijoux.

“Hé capitaine !” s'écria Gus Grande-Gueule, “Bernie la Terreur des mers du Sud a récupéré Paulo Pas-de-Pot !”

“Ouais,” répondit Nick N'a-qu'un-œil, “et un joli butin aussi !”

Il y eut un grand “plouf” à l'arrière du navire ; c'était le capitaine qui s'enfuyait sur une chaloupe.

50

    "Le capitaine nous quitte !"
s'écria l'équipage.

    "Eh bien !" rétorqua P'tit
Louis, "il nous en faut un autre !"

    Gus Grande-Gueule se tourna
vers Tom.

"Ça te dirait ?" lui demanda-t-il.

"Il n'en est pas question" répondit Tom, "je préfère être charpentier."

A ce moment-là, Gus Grande-Gueule baissa la tête pour éviter de

justesse un matelot qui tombait d'un
mât. Puis il débarqua Tom.

Une fois sur la terre ferme, Tom
suivit du regard Gus Grande-Gueule
dans son canot, qui bientôt se mit à
couler. Gus dut continuer à la nage.

Un petit garçon rejoignit Tom sur le ponton.

''Vous êtes des pirates ?''

''Pas vraiment ,'' lui répondit Tom.

Steven Kroll est né à New York en 1941. Depuis lors, il a écrit plus de deux douzaines de livres pour enfants, passé trois ans en Angleterre et fait l'acquisition d'un chat qui répond au nom d'Alexandre. ''Quand je travaille à un livre pour enfants, je vois les images avant d'écrire les mots. Combien je regrette de n'avoir jamais su dessiner. Mais aussi, combien je suis heureux que les illustrateurs de mes livres aient toujours vu ce que j'avais imaginé, et capturé la magie que je voulais faire partager.''

Marilyn Hafner est américaine. Elle a fait ses études à l'école des Arts graphiques de New York. Ses premiers dessins étaient des illustrations publicitaires. Maintenant elle réalise surtout des couvertures pour des livres et des revues. Elle a déjà illustré plusieurs livres pour enfants dont *Mathilde et le fantôme*, qui est traduit dans la collection Folio Benjamin.